天 山 詩選 |139|

김 길 애 제3시집

馬 頭 琴

한기 10960
한웅기 5921
단기 4356
공기 2574
불기 2567
서기 2023
도서 출판 天山

馬 頭 琴

김 길 애 제3시집

上元甲子
8937
+2023
10960
5921
4356
2574
2567
2023
도서 출판 天 山

'나를 달래고 어우르던 詩'

겉으로 보이는 나와

속으로 확인되는

내가 달라서,

작고여리지만

소중한 것 때문에

어두워질 때도,

나를 달래고 어우르던 詩

그시를 향한

내 사랑의 목록들이다.

2023. 2. 5. 정월 대보름날 도봉을 바라보며.

김 길 애

차 례 ───────────────

제5부/ *나도 함께 흔들린다*

제6부 북녘바다로 흘러가는 페트 병 쌀

제8부/ 봄날에 별이 되었다

제1부 ─────────── 내 젖가슴이 찌르르하다

馬 頭 琴

마두금소리가 사막에 흐른다
악기는 물기없는 곳에서도
습한 소리를 낸다

갓태어난 낙타는 젖을 기다리는데

제새끼에게
젖을 주지않는 어미낙타
바닥에 주저앉아 눈만 껌벅인다

죽은 말의 영혼이 불려나온 듯
현과 현사이를 울리며 퍼지는
실바람이 우는 듯한 마두금의 음색

낙타의 심장 깊숙한 곳으로 들어가
難産을 조심스레 어루만진다

그낮고어두운 영혼의 소리에
삭신이 녹아든 듯, 어미 낙타
긴줄기의 눈물을 주르륵 쏟아낸다

<

비척거리며 일어나
새끼낙타의 입에 젖을 물린다
내 젖가슴이 찌르르하다.

재봉틀에 관한 기억

어무이는 앉아서 재봉틀 돌리고
나는 아랫목에 엎드려 책을 읽는다
'니는 시집갈 때가 다 된기
바느질을 배워야제
맨날 배깔고누버서 책만 끼고사노.'
마지못해 실에 침을 묻힌다
바늘을 채우고 재봉틀바퀴를 돌리는데
덜컥 실이 물리고만다
'나는 몬해, 바늘에 손가락 찔릴 거같구만.'
다시 아랫목 담요속으로 들어간다
'니는 언제 시근이 들라카노'
지난밤 꿈속에 어무이가 다녀가셨다.

청룡리

경사진 언덕
'범어사' 종소리와 함께 살았던
스무 가구 동네

수원지의 물빛냄새가 담장을 넘나들고
벚나무와 꿀밤나무가
물에 거꾸로 서있었다

가을에는 붉은잎들이 뛰어들어
염주 돌리듯
수면에서 빙빙 돌았다

바랑 맨 스님들이
사립문앞에서 목탁을 두드리며
자주 시주를 청하는 마을

절구경온 사람들에게
도토리묵을 팔고
가지째 꺾여온 감을 팔았던
사하촌
        <

법당에 올라가 서툰 절을 올리고
뒤꼍 대나무숲으로 가았으면
처마에서 들려오던
맑은 풍경소리.

흑백 사진·1

오래된 사진첩을 정리하다말고
잠시, 사찰 조계문앞에서 찍은
어릴 적 사진을 한참 들여다본다
불없는 연등이 나뭇가지에 매달려
그렁그렁하다 엷은 자장가같은
아버지의 목소리가 가까이서 들린다
절간 바닥돌을 하나둘 밟아가며
"길애야, '대웅전' 부처님께 절하러 가자."
나지막한 그목소리, 바람을 타고
천천히 떨어지면서 유년에 묻힌다
팔이 긴 아버지 어둠속으로 걸어나오신다.

흑백 사진·2

아버지는 분홍·하양·노랑색
'모나카' 빵을 자주 사오셨다

푸대자루속 덩어리진 분유
곤로불로 끓여 내게 주셨고

늘 아픈 엄마 대신, 팔베개 해주시며
자장가를 불러주곤 하셨다

중학교 수학 여행 인솔길에
어린 딸을 데리고 간 아버지

'불국사' 자하문앞
돌계단에 층층이 앉은
흰 컬러 중학생들 속
색동 한복의 여섯 살 어린이가 들어있다

아버지 출근길마다
대문을 따라나서던 어린딸

아버지가 버드나무가지 꺾어

후두두두둑 이파리 훑어내면
울며불며
집으로 돌아오곤 했던,

제2부 ——————————— *해평선에 걸려든 물평선*

기도하는 향나무
김영랑 시인 생가에서
해평선만 바라보는
그런 얼굴이 있다
펄럭이는 여름

기도하는 향나무

향나무는 몰려오는 바람을 탓하지않는다
바람이 아니면
팔다리 길게 기지개 켤 수 있나
울음과 웃음소리 펑펑 내 볼 수 있나
층층 수없이 매단 초록이파리와
살뜰히 맺은 꽃과 열매에게
어깨춤추는 기쁨을 줄 수 있나
새들의 그네가 되어줄 수 있나
북녘바람이 괴팍한 짐승되어
천지 분간없이 덮쳐오는 날엔
3신 만신 창이가 되곤 하지만
남은것들 붙들고
남은 날 살아낼 수 있기를
남은 힘 뿌리속으로
속으로, 저장하면서
향나무는 몰려오는 북녘바람을 탓하지않는다.

김영랑 시인 생가에서

모란은 지고
그초록잎새만
짙푸르렀어요

부인을 잃은 슬픔
그잎새에 아직 남아
진양조로 흐르구요

뚜욱뚝 떨어지던 자줏빛
꽃잎 가슴에 그러안던,

뭉실한 초가지붕은
모란을
뒤집어쓴 듯 엎드려있었어요

흙마당에서는
아직, 봄을 기다리는
모란꽃 운율 느리고 여리게
회자되고있었지요.

해평선만 바라보는

어느 어촌
슬레이트 집 마루끝에
나란히 걸터앉은 두 노인
그들의 시린 눈속엔
바다가 걸려 일렁였다

나그네가 오든가든
이끌리지않는 마음

물평선
그너머에도 새로운
물이랑이 넘실댔는지

바다는 쉼없이
물파랑에다 수다를 쳐보태고있다.

그런 얼굴이 있다

뒷목을 기댄 채 빌딩을 떠올리는
양복이 있다
전화속 목소리에 매무새고치는
안경이 있다
인터넷 구직 사이트를 뒤적거리는
전동차안에는

그렇게

그렇게
소음이 달려오듯 레일을 따라 발자국이
흐르듯 헤드라이트가 타듯 그길위에
먼지가 일어서듯 그런 얼굴이 있다.

펄럭이는 여름
── 김경란의 '가을'을 읽고

당신이, 허공에 걸쳐놓은
6월의 깃대로
내 어깨를 툭, 쳤다

초록화장냄새

나뭇잎마다
머플러
펄럭이는 소리

그리고 푸르고푸른
바람위

새 날아간 발자국
하나.

제3부 ──────────── 오래된 사랑을 뒤적거린다

농(*Non*)의 효심

하노이에서 하롱베이로 가는 중이다
버스 차창을 채우는 모내기 들판
농(*Non*) 쓰고 허리숙인 부녀자들
물에 잠긴 종아리에
땡볕 더욱 쏟아지고,

논둑에 돋아난 묘지와 비석들
빛바랜 연꽃, 시들한 나리꽃
'농'의 잔등을 굽어본다

논에서 살다 논 못잊어하던
부모, 논 한 켠에 모셔놓고
논바닥에 엎드려 삶을 경작하는,

*농(*Non*): 베트남 전통 조롱 삿갓형 3각 모자.

소 금 꽃

오이지를 담근다

소금물에 담근다면 질색할
그의 애지중지 그수석으로
오이를 꾸욱 눌러놓는다

오이지 되려면 한 보름 걸린다

오이를 아래위 섞어주면서
만져보는 돌덩이
무심한 듯 투박해도
식솔사랑 남다르던

그의 마음 소금꽃으로 핀다

수석을 가슴팍에 얹고
소금맛 들여가는 오이지속에
아직도 부숭한 내 마음을 담가넣는다.

불금* 이야기

금요일 오후 4시만 되면
내가 사는 어파트 횡단 보도옆엔
'황제 순대' 봉고 트럭이 나타난다

요리사의 흰모자를 높게 쓴,
황제는 김오르는 솥뚜껑을 열었다닫았다,
순대의 상태를 점검하며 손님오길 기다린다
황제는 불금*의 허기를 순하게 다스릴 줄 안다

다섯 시가 되면 어김없이 등장하는 '혼불 곱창'
빨강 베레모에 빨간색앞치마로 혼을 장착한
혼남은 상기된 얼굴로 곱창을 볶아댄다

드라머 보다가 묻어둔 옛사랑 몰래 꺼내보는
금요일밤엔 매운 양념곱창 주문을 한다
비닐에 담긴 곱창과 양배추 내 눈치를 살핀다.

     *불금: '불타는 금요일'의 줄임말.

뒤적거리다·1

신용 카드 찾느라 가방마다 옷주머니마다
뒤적거리고, 깜빡 태운 밥 뒤적이며 밥을 푸고
달력의 동그라미 모임날짜를 뒤적거리고
길가다가 인사나눈 사람 이름 도무지 생각 안나
카톡 프로필을 뒤적거린다.

뒤적거리다 · 2

달빛이 거실 커튼을 뒤적거리는 밤
오래된 사랑을 슬쩍 뒤적거린다
지나간 사람을 뒤적인다는 것은
내 안에 아직 그가 살고있다는 것
그의 안부가 못내 궁금하다는 것.

제4부 ——————————————————————— 하롱베이 그 옥빛바다

질 경 이
물위를 거닐다
같은 것끼리
손녀와 이름
준　　희

질 경 이

자식 다섯 키우며
응어리도 몰래키운 엄니
뱃속이 뒤틀려도 약 한 봉지로 때워넘긴,

항암 치료할 때마다
입술이 꽈리처럼 부풀어오른다
한 모금 삼킨 물이 흘러내린다

휠체어 타고 나온 병원뜰
휘적휘적 비틀거리며
질경이 한웅큼 뽑아드는 엄니

'이거 끓이묵으믄 암에 좋다카데'
'무신 이까진 발에 밟힌 풀떼기가
암을 낫게 하느냐'고 소리치며
질경이를 홱 뺏어 바닥에 팽개친다

엄니의 눈길이 질경이를 따라간다.

물위를 거닐다

옥빛바다는 헤롱헤롱
하늘거리는
몸매를 자랑 중이었다

배를 타고 섬과 섬사이를,
4방 시야 끝너머까지 펼쳐진
바위섬 · 나무섬 · 섬 · 섬 · 섬…

섬을 헤아리다, 헤아리다가
지쳐버린 유네스코(*UNESCO*),
이바다의 물과 섬은 서로
서로 팔짱을 끼고산다

폭풍우 천둥 번개 내리쳐도
몸숙여 바다를 보호할 섬 · 섬 · 섬.
하롱하롱 하롱베이 그옥빛바다.

　　　　　*유네스코에서도 정확한 섬의 갯수를 파악하지 못했다고 함.

같은 것끼리

덩어리돼지고기를
썰다말고
숫돌 대신 다른칼을 덧대
무뎌진 칼날을 간다

칼등과 칼날
부딪힐 때마다
다듬어내는 아찔한 정신

손심줄 힘 누르지않아도
고기가 쓱쓱 썰어진다

무쇠는 무쇠를 만나고서야
몸과 마음 추스르던, 붉고
싯푸렇던 시간 떠올리는 것이다.

손녀와 이름

공주님은 이름이 뭐예요?
권·준·희*
오빠는요?
권·준·형
엄마는요?
어·엄·마
아빠는요?
아·아·빠.

    *권준희 : 세 살 손녀 이름.

44

준　희*

내가 기침을 하면
제손으로 입막는 시늉을 하며
"입을 요렇게 막고 '콜록' 해야죠."

내 목걸이를 만지작거리다가
내가 쳐다보면
'이거 제가 한번 걸어봐도 될까요?'

뿔테 검은 돋보기를 끼고
컴퓨터 앞에 앉아
'나 좀 봐요 나, 할머니 됐어요.'

*준희 : 세 살 손녀.

제5부 ──────────────── 나도 함께 흔들린다

준 형 이

'할머니~~!'
힘차게 부르며 현관문 들어선다

침대며 소파는 팡팡 놀이터
피아노는 맘대로 즉흥 연주
그림만 보며 넘기는 동화책

과자며 빵부스러기 종일토록 흘린다

저녁밥 먹고나면
엄마아빠 안따라간다며,
할머니집에서 자고간다며,
떼를 쓰며 울먹거린다

1주일마다 찾아와서는
내 헛헛한 일상에
온기를 넣어주는 우리 준형이.
　　　　*준형이 : 다섯 살 손주.

또다른 발이 되다

눈길 빗길 달리고
자갈길 아스팔트 길위를
내달리고 달리다
숨가쁘던 어느날

변화 무쌍한 날씨
쌩쌩 달리던
기운찬 날들은 다가고말아

10년이라는 검은숫자를
녹여야 되는 운명의 폐 타이어

에티오피어 다세니치
부족마을 여인들의 발이 되었다
폐 타이어 표 샌들이 되었다

옆구리에 어린아기를 낀 여인
굳은 살 박히고갈라터진 두 발이
땡볕모래밭에서 환하다.

대추나무

블록 담 안마당가로
이주해온
작은대추나무

흙을 둥글게 파고
밥알찌꺼기를 묻어준 게 전부였다

대추나무는
날이 갈수록 품을 넓히며
다닥다닥 탱탱한 열매를 매달았다

어머님은 해준 것 고작 그것인데
요롷게 실한 것을
준다며
차례상과 제사상에 올릴 씨알 굵은 대추를 따셨다

덜여물고 작고찌그러진
대추도 고맙다며
장대로 모두 털어내셨다

찜통에 쪄서 소쿠리에 말리면

달고쫀득한 간식이 되어준
가난한 살림에도
아랫집 옆집과도 인정을 나누던,

왕진 의사 케이(*K*) 씨

등산복 차림으로
왕진에 나서는 의사
걸어가는 산길이 환해진다

동네의 통증들은 그가 나타나자
구세주를 만난 양
얼굴빛이 환해진다

그의 청진기가 분주하다
김 씨 할아버지의 가파른
숨소리
허 씨 할매의 외로운
말씀을 들으며 진료를 시작한다

기침소리가 잦아든다

주방에서 깜빡거리는
형광등불빛도 치료하고
실어증에 걸린 벽시계
약을 먹이고
화장실바닥 미끄럼방지 패드

파스처럼 붙인다
등산 배낭이 어리둥절하다.

'홍련암'에 와서

낙산바다는
'홍련암' 마루청
아래까지 와서
불법을 듣고간다

살이 마른 물고기는
해풍에 흔들리며
참선 중이다

길위에서 길을 물었으나
묵묵 부답
되살아난 번뇌

멈추지못하고 출렁거리는
또다른 내가
두 무릎을 모으고있다.

하늘길 안부

창고 정리를 하다가

기저귀 한 뭉치를 발견했다

'디펜드' 성인용 안심 위생 팬티

보너스+1개 냄새 흡수력 강화

내 눈을 애써 피하던

날마다 가벼워지던

마침내 냄새를 버린 어머니,

하늘길을 하늘하늘 걷고있을까.

강진만 갈대밭에서

뻘로 칠갑하고
어슬렁거리던 짱뚱어
벌떡 뛰어오른다

갈대의 긴허리가 움찔한다
바닥을 읽지 못했던
내 몸도 움찔해진다

갈대는 바닥을 내려다보며
몸을 슬쩍 흔들 뿐인데
나도 함께 흔들린다

호랑무늬 지느러미로
날개를 펼치는 짱뚱어
헐레벌떡
뻘숨을 고르고있다.

개복숭아나무

다니던 대학 집어치우고
제잘난 세상 헤집고 다니다
골병이 든 내 동생

눈앞에 얼씬거리지 말라는
아버지 무서워
동네어귀를 들어서지 못하네

세상 폭풍우에 부대끼고시달려
부실한 열매마저 다 털린,
빈털털이가 된 내 동생

불효 막심 뉘우치는 얼굴로
차마 울타리밖에서 울먹거리네.

전신 거울

전등 불빛이
거울속으로 들어간
전신 거울앞에 서면
숨기고사는
내 속내가 비쳐질까봐
가슴 두근거린다
그의 옷소매를 놓쳐버린
내 지난날 보일까봐
두 눈 질끈감는다

황급히 떠나갔으나
지울 수 없는 사람
어디에도 없으나
언제나 내속에 있는 사람
빛밝은 거울앞에 서면
잊고산다는
내 거짓말 들킬 것만 같아
시선을 숙인 채 거울을 본다.

'티엔무 사원'*을 찾아

틱광득 스님이 오랫동안 머물렀다는
'티엔무 사원'에 와서 3배를 올린다

불교 탄압은 부당하다며 미국 대사관
찾아가 불꽃으로 소신 공양하신,

액자속 틱광득 스님은 갓 부화한 새
두 마리를 양손으로 감싼 채 내려다보고

스님이 타고다녔다는 하늘색자동차는
아직도 주인을 기다리며 서있다

저녁예불 나직이 울려퍼지는 종소리
정원의 나무들도 흔들림없이 합장을 한다.

*티엔무 사원 : 베트남 다낭에 있는 사찰.

제6부 ——————— 북녘바다로 흘러가는 페트 병 쌀

페트 병 쌀

바람이 맵찬 강화도 바닷가

물살의 방향이 북쪽으로
바뀔 때를 기다려
수백 개의 페트 병 쌀이
바다에 던져진다

물살을 따라 어깨를 맞대고
북녘바다로 흘러가는 페트 병
북녘땅 굶주린 사람들 향해
뒤돌아보지않고 흘러흘러 떠간다

서해 바다에서 이쌀을 건져먹고
고마움에 눈물흘렸다는 탈북자

벌써 16년째 이어오는
거칠고 투박한,
그손위에 내 손을 얹어주던
2016년의 어느 겨울날.

을왕리

해변에서는
하이힐을 벗어야 한다

정갈한 맨발로 하루를 보내야
할 시간,
지는 해가
수면에 붉은 카펫을 깔면

선녀의
동공속으로도 저녁노을은
번진다.

동백숲에 들다

그꽃은 떨어져서 다시 산다
신음소리 삼킨 채
붉고결심맺힌 눈으로
나를 올려다본다
이세상 누구보다
너를 아꼈노라
너를 자랑으로 여겼노라고

처절할수록 매무새 고치며
앞만 보고걸어가던
당신의 뒷모습 닮은 꽃
내 가슴 한복판을 짓누르는,

온금동 언덕배기

유달산기슭에 다닥다닥
목포바다 내려다보며 사는
온금동 언덕배기 낮은지붕아래엔

각자의 사연들 웅크린 채 나앉았다

해가 가장 길게 노닐다가는 동네
소쿠리에 말린 생선 켜켜이 쌓여가도
선창떠난 배 돌아올 날 아득하고,

돌멩이 골라내고 오밀조밀 만들어낸
붉은밭뙈기속엔 열무·파·부추·머위
부피를 부풀리며 먹거리가 되어주는,

궤짝에 생선을 채우는 노동의 하루
부두의 눅진함과 소란과 비린내
계단위에 뱉어내던 고단한 일상
따듯이 품어주었을 다순구미* 마을

삶의 풍랑에 맞서 엎치락뒤치락,
들숨날숨 뒤섞였을 온금동언덕 올라서니,　＜

66

경사가 심했던 길, 슬며시 나타난다.

*다순구미 : '양지바른'이란 뜻의 전라도 사투리.

오래된 의자 하나

내 늑골모퉁이엔
의자 하나 놓여져있지
뽀루지로 부풀어오른
마음 주저앉히거나,
실타래 머릿속
까치발하고 들여다 볼 때,
툭 튀어나온 못에 가끔
엉덩이를 찔리기도 하는,
옹이박힌 채 삐걱거리는
오래된 의자 하나 있지.

리우의 꽃

독일 베를린에 정착한
그녀*는
한국 드라머 '꽃보다 남자'의 애청자란다

지중해를 건너던 칠흑의 밤,
차디찬 바다에 뛰어들어
고장난 보트를 끌고밀었단다

총알이 날아다니고 포탄이 터지는,
목숨걸고 탈출한 조국

안식을 찾은 곳은
바로 이물속
물은 시리아 인과
독일인, 난민을 구분하지않는다

시리아 국기도
독일 국기도 달 수 없는 그녀
올림픽 5륜기를
수줍게 가슴위에 얹곤 꽃처럼 환하다.

*그녀 : 리우 올림픽 난민 대표 수영 선수 유스라 마르디니.

고 봉 밥

하천의 붉은물이 화면밖으로
뛰쳐나올 듯 넘실넘실거렸다
장롱·냉장고·수박이 둥둥
머리만 내놓은 소 몇 마리
선한 눈을 뜬 채 떠내려가고있었다

비가 내리퍼부어 강물이 불어나는 날은
이불보따리며 솥단지 이고지고
산등성이로 올라갔었지

화면에서 눈을 떼지못하는 김 선생

비그친 후, 집에 돌아와보면
방이며 마루 아궁이속에까지
들어찬 진흙덩이를 퍼내느라
몇날 며칠 얼마나 고생을 했는지 몰라

물속에서 영영 못나온 사람도 있었지

긴광목천에 그릇째 묶은 고봉밥
강바닥을 훑으며

목이 쉬도록 망자를 불렀지
이밥 먹고 저승가라며
산천이 울리도록 그이름을 불렀지.

능소화 주홍울음

의정부 지나 남양주가는 어디쯤이었던 듯하다
근처엔 가시철망이 있었던 듯하고
발아래 맥주 캔이 나뒹굴었던 듯도 하다

그는 굳은 얼굴이었던 듯도 하고
풀기없는 얼굴이었던 듯도 하다

지금 무슨 냄새를 맡았는데
진주홍 능소화냄새다
서러운 낯빛 속곪은 노랑빛이다

서산엔 노을이 퍼져있었고, 고즈넉이
숨죽이며 나를 감고타오르던,
나는 지금 처절한 주홍울음, 그능소화이다.

조 문

그러나 가장 견디기 힘들었던 것은 소리칠 수 없었기 때문이다 비가 내리고, 내 발은 사람들이 차를 기다리는 충무로역에 갇혀 있었고 그래서 나는 가슴팍에서 커다란 징과 꽹과리·큰북을 꺼내 두들기기 시작했었다

그열 때문에 전동차안은 더욱 후덥지근했다 사람들은 흘끔거리며 주변을 둘러보았다 나는 소음속에서 내 마음속 소리가 들리지않으리라 생각하고, 사랑한다고 소리치기 시작했다 마침내 장례 식장에 도착했을 때, 내 마음은 차츰 가라앉을 수가 있었다.

진눈깨비

개나리꽃
가슴팍에
고개 묻고있더니,

실개천속으로
뛰어내리네

세상에
온 흔적,
지우며 떠나네.

제7부 ——————————— 마스크로 얼굴을 가린 사람들

향기가 난다는 것

낙엽을 쓸고있던 경비원아저씨
빗자루끝으로 모과나무가지를 흔든다

모과 두 개가 투두둑 화단에 떨어진다
화단을 받치고있던 돌이 모과를 받는다

이쪽도 패이고 저쪽도 패인
'生'에서 향기가 솔솔 난다.

엄 여사의 하루
—— '코로나 19'

가로등불빛만이 골목을 채운다

오늘도 손님은 다섯 명이 전부다

출입문 닦으며 내다보는 길거리

마스크로 얼굴을 가린 사람들,

표정을 감춘 채 어둠속으로 사라진다

손님이 오지않아 두렵고,

손님이 문을 열면 더 두려운 하루하루.

世界一花

오늘은 윤4월 초파일날

'코로나 19' 두려워
부처님도 늦게 오신 날

삼각산 유월숲은 바이러스를 모른다
절마당의 수국 둥근얼굴 환하고
색색의 연등 고운자태 여전하네

스님도 대중들도 마스크 쓴 채
거리두기로 앉아
부처님 오신 소식을 듣는다네

世界一花!

세계는 한 송이 둥근 꽃이라시네
자연이 우리들의 스승이라시며
나와 남이 하나임을 알라 하시네.

소라게의 삶살이

보르네오 시피담 섬은
쓰레기 백사장
쓸려내려온,
플래스틱 기역자 관속으로
소라게 몸을 밀어넣는다
열 개의 다리를 오므리고
깊숙히 온몸을 접어넣는다

돌아나올 틈이 없어 뒷걸음질이다
파도가 한 번 철썩일 때마다
관속 집게발에 바다가 올려진다

안식처인줄 알고 들어갔으나
딱딱해지던 호흡
등짝을 짓누르던 어둠의 무게
길이 아니면 되돌아 다른 길로
그길도 아니라면 길을 헤매면 그뿐,
한 모금의 삶살이
절실한 저 소라게.

게시판에 나붙은 목소리

지하철 게시판에 나붙은
실종 아동찾기 사진을 들여다본다

'함께 찾아주세요.'
'함께 찾아주세요.'
검붉은 목소리 함께 붙어있다

이마에 점이 있어요
팔에 화상 흉터가 있어요
보조개가 있어요…
애간장 절절한 문장들이다

그날의 방심이
그날의 외출이
그날의 여행이
바윗돌가슴된 나날들,

'엄마!' '아빠!'
큰소리로 부르짖으며
돌아올 그날,
귀세우고 기다린다 <

보일러 켠 밤이 사무쳐
대문 문고리도 닫아걸지 못한다.

수국꽃이

북한산 '보광사'

'명부전'앞 화단엔

송이마다, 흰쌀밥

고봉으로 담은

수국꽃이

백중 회향 동참 중이다.

잠 방 골

먼지가 앞장서는 희뿌연 신작로
트럭 뒤칸 짐보퉁이에 섞여
야밤에 도착한 이름모를 산동네

밤을 울리는 부형부형 소리
호랑이인 줄
이불을 뒤집어썼네

전깃불도 연탄도 수도도 없는 마을
학교를 마치면 우물물을 길어 큰독에 붓고
올망졸망 5남매는
삭정이를 찾아 산등성이를 헤맸네

호얏불아래 모여
양념장도 없는 불은국수를 먹곤했는데

담배 피우는 아버지의
검고커다란 그림자
신문지로 바른 벽에서 일렁거리고

아랫목에 누운 엄마는

쌀외상을 얻어오라며
내 등을 떠밀곤 했네.

봄날속으로

택시 요금이 오르자
금세 뜸해진 손님
기사는 차에서 내려
택시에게 마른걸레질을 해댄다
빈차… 빈차… 빈차…
택시는 빨개져서 하품을 하고
공중을 이리저리 헤매던 벚꽃잎
우루루 택시 등에 올라탄다
남자는 꽃잎손님을 태우고

봄날속으로 시동을 건다.

어떤 잠속으로

서울역 지하도의 새벽
입은 옷 그대로
신문지 덮은 채 쓰러진
잠을 보네
뿌두둑 이를 갈다가
알지못할 잠꼬대를 뱉아내다가
치아를 드러내며 웃기도 하네
꿈속에선
고향가는 기차를 탔을까
가족을 만나고
어머니를 만났을까
친구들과 어울려
'위하여'를 외쳤을까
움츠린 몸으로
냉기를 견디는
시린잠 앞에서 나는
시멘트 바닥처럼 서늘해지네.

수영장에서

물의 등을 누르며 가네
물의 배위에 드러
누웠다가
그의 살속으로 숨어
들었다가
물의 꼬리를 물며 물속을
가네

수10년 땅위에서 살아온
내가
물속을 걸어서도 가보네
물은 바닥을 딛으려는 내
발을 자꾸만 밀어내며
나를 넘어뜨리네
허우적거리며 살아가는
법을 가르쳐주네.

초록철대문

다세대 주택 골목 끄트머리
웅크린 채 버티고사는
지붕낮은 집 한 채

담벼락엔 담쟁이 서넛잎
안간힘으로 기어오르고
목 비스듬 기대선 山菊

칠이 다 벗겨진
초록 철대문의
얼룩덜룩해진 민낯

저 대문
삐걱 열고 들어서면
된장찌개냄새 마당 흥건하고
관절염 어머니
절뚝대며 걸어나올 것만 같은,

청산도 언덕

언덕아래엔 속을 다 비운 다랭이논
햇살을 채우며 다시 여물고
억새풀과 코스모스 갈바람옆에 눕는다

'서편제' 촬영지 팻말앞에 서니,
소리하는 딸과 북을 치는 아비
가도가도 캄캄한 세상을 걷는다

아리랑 아리랑 흥얼거리며 언덕을 넘는다
부를수록 가슴팍 어딘가를 파고드는 곡조
눅진한 가락속에서 올올이 풀려나오는 세상

아리랑의 넋이 비탈길을 넘어간다
아리랑의 넋이
억새풀 마디마디에 내려앉는다.

간 장 독

장독밑바닥부터
용트림치며
올라오는 애간장

까맣게 게워내는
어머님의, 마지막 토사물

살아온 날은 숯댕이
차마,
뼈마디속까지 불길일 줄이야…

항아리는 불꽃으로 만드는 것,

불이 타오르며 서로 합장하는 것.

'고래바위'에 서서

욕지도 해안둘레길 걷다가
'고래바위'
팻말앞에서 발걸음 멈춘다

달려오는 파도
암벽과 암벽사이에 부딪혀
마침내
높이 솟아오른다

시퍼렇게 참았던 고래의 한숨이다

바다가 토해내는 우람한
호흡에 휘청거리는,
저기 저바위 벼랑틈새의
주홍원추리꽃, 꽃·꽃·꽃송이들,

발뿌리를 짓누르며
바다의 거친숨결 견디고 있다.

벌 초

매미가 목쉰울음 쏟아내고

8월의 태양 초목의 습기를 말린다

봉분위엔 뿌리 벋고야 말겠다는

쑥이며 잡풀 터를 잡았다

수북이 자란 풀속엔

방아깨비 여치 범메뚜기

사이좋게 어울려 뛰어다닌다

깊고 따뜻하던 어머니는

풀벌레도 여럿 키우는 중이었다.

방아쇠손가락

오른손 엄지손가락이
잘 구부러지지않고
엄지를 펼 때마다
딸깍, 소리가 난다

설거지를 할 때
과일을 깎을 때
물건을 움켜잡을 때
뻐쩡손이 되고 만다

'방아쇠손가락입니다
손을 많이 사용한 탓입니다.'
……?

과녁판따위 잊고산 지 오래인데
느닷없이
방아쇠손가락을 갖고야 말았다.

뻥이요

벚나무가 입술을 오물거리는 날
나무아래 공터 리어커 속에서
뻥튀기 기계가 돌아간다

주변을 서성거리는 동네어린이들
철망을 삐져나온 튀밥을
재빨리 주워먹던 어릴 적 내가 있다

뻥이요오오~!
기계가 뜨거운 숨 한방 크게 터뜨리면
귀를 막고 달아나는 어린이들

쌀·보리·옥수수·콩 깡통에 담겨져
제차례를 기다리고
여인네들의 부수수한 수다가 부푼다

불이 되어오르는 것은 단단한 것을
부드럽게 만드는 힘을 지닌다.

영 산 홍

502호에선 장농과 소파가 들려나오고
의류 수거함옆엔 할머니의 옷들
마대자루속에서 웅숭거린다

보푸라기 스웨터와 목도리가 보이고
꽃무늬 누비옷이
꽃망울 머금은 채 울먹거린다

어파트 화단 빈화분마다 꽃심고
상추 · 고추 · 가지 키워
이웃에게 나눠주던

내가 건네는 달달한 커피를 좋아하던
부드럽고 다정하던 옆집 할머니
영산홍이 별처럼 돋는 봄날에 별이 되었다.

주인을 찾습니다

공원 벤치 옆 느티나무가지에

양복 윗도리가 걸쳐져있다

축 늘어진 목덜미와 가슴팍

헤진 양복섶엔

서너 올 희끗한 머리카락

까치가

빛바랜 양복위에 앉아

깍깍깍 주인을 찾는다.

풀의 헛웃음소리

제초기 바퀴가 지나간
풀밭엔 나뒹구는
풀의 눈동자
풀의 신음소리
풀의 헛웃음소리.

양파를 말리다가

자루째 둔 양파를
베란더 바닥위로 쏟아붓는다

썩은 것을 도려낸 자리가
장맛비에 다시 짓물러있다

썩을 것은 어차피 썩는다

위치를 바꿔주고
바람을 대령하고
햇살을 모셔와도 썩고야만다

내가 포장한 웃음껍질속
생각한 대로의 네가 아니었던,
아리던 날들 아프게 스민다.

낙화앞에서

5곡바람 심하게 부는
5월의 오후
신호등 초록불 기다릴 때
우산끝에서 피어오르는
아스라한 향기
어파트 담장 뒤덮은
아까시가지
꽃송이송이 떨어트리며
비바람에
흔들리면서 향내를 흩뿌린다
가난에 휘둘리고
병마에 시달려
나락으로 내리꽂히던,
어머니의 무명치마가
보도블록 위에 펼쳐지고있었다.

병원 대기실

'ㄱ'자로 허리가 굽은 할머니
지팡이와 함께 병원문을 들어선다

'성함이 어떻게 되시지요?'
'○순임, 내 이름이 1년 전부터 여기 박혀있을 텐데
나를 몰라요?'

'여러 사람이 오니, 기억을 다 못하지요.'
간호사는 시계를 가리키며
'두 시부터 진료 시작하니, 기다리세요.'

'자슥새끼들이라도 다 소용없어
며느리들도 다 나쁜년들이야…."

옆자리에 앉은 좀 젊은 패션 할머니,
'욕하지 말아요, 댁의 며느리만 나쁘지
다른 며느리들은 그렇지않아욧!'

뚝, 소음이 사라진 대기실 의자에서
나는 욕할머니 몰래 소리없이 웃었다.

詩 한 그릇

종로 3가 골목식당
메뉴 판을 살피며 '반계탕'을 주문한다
시를 잘쓰고, 인품 또한 본받을
어느 문학상 대상 받은 시인이
만2천 원 '삼계탕' 산다는 것을
축하객 셋이 안된다고 우겨서
8천 원 '반계탕'으로 시킨다
메달과 상장뿐인 문학상을 받은
수상자 주머니 축내는 문학상,
공기밥을 툭 '반계탕' 국물에 만다
목구멍에 걸리려는 詩, 겨우 넘긴다.

화살나무

꽂진 자리에
루비 알 열매

겨드랑이엔
수줍게
매단 깃털
열정 장착시킨
화살촉

연모하는 그에게
직진으로 날아가

화살로 꽂히고싶은
붉디붉은 내 마음.

흘러나오는 풍경

뽀글이 파마에 휘어진
다리 구부정한 허리가
유모차를 밀고온다

큰숨 뱉으며 허리를 두드리자
기와 亭子가 의자를 내준다

오이지는 소금물 펄펄 끓여
붓는 것이 아삭하고 개운하다고
여름엔 열무김치가 제맛이라고

울타리의 줄장미가 고개를 끄덕인다

검정봉지에 싸온 간식에서
지난 세월이 흘러나온다

바람만 잡고다니던 남편
그림놀이에 심취한 남편을
마룻바닥에 늘어놓는다

꽃무늬바지의 꽃들이 살랑거린다.

착 각
──허리돌리기

어파트 공원
운동 기구에 올라
허리돌리기를 한다

젊은이가 웃으며 다가와
운동 기구 손잡이에
스티커를 붙이고간다

음식점?
노래방?
나이트클럽?…

왕왕거려서 불편하십니까?
'티뷔(TV), 목사님 말씀이 안들리십니까?
똑똑하게 잘들립니다, 이지 보청기!'

주름은 등뒤에서 자란다

주름이 쭈글쭈글 잡힌
바지에 물흠뻑 뿜어
햇살너른 베란더에 널었더니,
가로세로 깊게 패인
주름이 옅어지고
불룩나온 무르팍이
바지의 뒤틀린
중심선이 바로 세워졌네

어젯밤 늦도록 주막집
누우런 창호지벽에 기댄 채
목울대 세우며 날벼르던
너와 나의 갑론 을박도
오늘 저 새로온 햇살과
바람앞에선
온순해지겠네.

폭염 주의보

어파트 공원
사람이 드문드문 지나간다
정자마루에 앉은
검은새 한 마리
골똘히 생각에 잠겨있다
가지 축늘어트린 나무들
실핏줄 터뜨리고만 능소화
비비추는 멍든 목을 더욱 비틀고
목이 터져라 울어대는 매미
새는 점점 고뇌에 빠진다.

뚝섬 유원지

'내리실 역은 뚝섬 유원지 역입니다'라는
방송을 듣자마자 나는 불현듯
전동차에서 내리고말았다

'나들목'이란 글자가 새겨진
아치 형 돌문을 지나 강변을 걷는다

나무둥치 군데군데 녹지못한
눈무더기의 검은 어깨가 보이고

강물은 겨울의 긴장을 풀어헤치고
살랑살랑
오리배를 흔들어대고있었네

마른 풀덤불사이를 비집고
잿빛눈을 부벼뜨는 버들강아지

저기, 윈더서핑의 경쾌한 질주!
이제
나를 녹이는 일만 오롯이 남은

털실수세미

5색털실로 뜨개질해서 만든
사과·수박·꽃·모자·코끼리 모양의
수세미를 가지고 온 며늘아기

내집 주방에서 설거지를 한다

수세미는 까끌도톰 폭신해서
세제의 거품이 풍성하게 일고
그릇이 더 말끔히 닦여진다

옆집 앞집 이웃들과 친인척
지인들과도
두루 나누어쓰게 된,
앙증 며느리표 털실수세미

어린아들 딸키우는 틈틈이
남편의 귀가 기다리는 그때마다,
알록달록 지혜를 엮어냈을
소소하지만
소중한 그마음 기특해서

<

나는 털실수세미가
닳을 때까지 오래도록 쓴다.

삶을 구원하는 오르페우스의 리라
―――김길애 제3시집 '馬頭琴'을 켜며

강 서 일
〈시인·문학 평론가〉

두번째 시집 이후 8년만이다. 그동안 시인은 오늘을 살면서도 우물속같은 자신의 내면을 이따금 들여다보고, 또한 자신을 둘러싼 온갖 세상을 들여다보면서, 한 편의 시를 쓰기 위해 때로 언어와 다투고 화해하면서 한 걸음씩을 내디뎠을 것이다. 그리하여 삶의 다양한 체험과 주위의 대상들은 시공을 초월한 화자만의 고유한 시적 변용을 거치면서 전방위적 시선을 머금은 빛나는 작품들로 재탄생했다.

그것은 흔히 볼 수 있는 일상적인 대상도 시인의 손을 거치는 순간, 상상력의 옷을 입은 새로운 예술적 오브제로 변환했다는 의미이다. 물론 실재적 존재인 자아와 작품속의 화자인 서정적 자아는 엄격한 의미에서 서로 다른 자아이다. 비록 같은 상상과 체험일지라도, 시밖에서 존재하던 그것들은 시인이라는 내적 용광로를 거치면서 이질적인 금속으로 바뀌는 것이다. 그러니까 시는 일종의 연금술이며 또 다른 비망록인데, '시인의 말'을 빌리면, 이시집에 실린 작품들은 삶의 매순간마다 '나를 달래고 어우르던 詩'이며 '내 사랑의 목록들이다.'라고 밝히고있다.

인상적인 시집 제목 '馬頭琴':몽골의 전통 악기인 마두금에서 흘러나오는 소리를 '후스'(*Hoose*)라고 하는데, 이소리를 들으면 낙타도 눈물을 흘리고 소도 눈물을 흘린다고 한다. 출산 후에 자기가 낳은 새끼조차 가까이 오지 말라며 발길질을 해대던 가축의 얼어붙은 마음조차 마법처럼 녹여버리는 그소리의 정체는 무엇이며, 그비밀의 원천은 어디에서부터 비롯되는 것일까?

컴퓨터로 재생된 동영상을 다시 보니, 몽골의 전통 의상으로 성장한 연주자는 마두금의 사각 울림통을 다리사이에 끼우고, 왼손으로는 현을 짚으며 오른손의 활을 천천히 때로는 격렬하게 밀고당겼다. 그럴 때마다 공활한 창공을 배경으로 마른풀들이 흔들리고, 야생마들은 마구 뛰어다녔다. 그소리는 아늑한 실내보다는 왠지 끝없는 초원의 대지와 먼지나는 황량한 사막에 더 어울리는 느낌이었다.

시인은 이러한 마두금을 시집 제목으로 삼고, 표제시를 맨앞자리에 배치함으로써, 이시집 전체를 아우르는 시적 정서와 서사가 무엇인지를 비교적 분명하게 보여주고있다.

1.물아 일체의 세계관

그러면 총 8부로 구성된 71편의 시편들 가운데, 그첫머리에 위치한 표제시를 한 번 감상해보자.

마두금소리가 사막에 흐른다
악기는 물기없는 곳에서도
습한 소리를 낸다

갓태어난 낙타는 젖을 기다리는데

제새끼에게
젖을 주지않는 어미낙타
바닥에 주저앉아 눈만 껌벅인다

<

죽은 말의 영혼이 불려나온 듯
현과 현사이를 울리며 퍼지는
실바람이 우는 듯한 마두금의 음색

낙타의 심장 깊숙한 곳으로 들어가
難産은 조신스레 이루민진다

그낮고어두운 영혼의 소리에
삭신이 녹아든 듯, 어미 낙타
긴줄기의 눈물을 주르륵 쏟아낸다

비척거리며 일어나
새끼낙타의 입에 젖을 물린다
내 젖가슴이 찌르르하다.

——시 '馬頭琴' 전문

시인이 몽골 여행 중에 직접 경험했거나, 아니면 대중 매체를 통해 일종의 다큐를 시청한 후에 나온 작품일 것이다. 이것은 보고도 쉽사리 믿을 수 없는 한 편의 드라머이며, 많은 것들을 일시에 떠올리게 만드는 자연의 모습이다. 결코 무너질 것같지않는 여성성의 상징인 모성애조차도 상황에 따라 급변할 수 있으며, 짐승의 다친 마음도 인간이 만든 두 줄 현악기로 치료할 수 있다는 것을 보여주고, 비록 서로 말(言)은 통하지않지만 사람과 동식물 간의 소통도 얼마든지 가능하다는 것을 이작품은 여실히 증명하고있다.

김종삼의 '묵화'에서처럼 이러한 교감의 극치를 보여주는 본 작품의 바탕에는, 경계를 뛰어넘는 깊은 사랑과 사단(四端)의 하나인 측은지 심이 숨어있다. 이시에서 서정적 자아인 화자는 이기적같은 눈물의 순간을 그냥 지나치지않는다. 출산할 수밖에 없는 운명과 그고통 끝에 자신의 새끼조차 내쳐야하는 모진 어미와, 젖을 먹지않으면 곧 죽을 수밖에 없는 어린 새끼와, 그 둘을 동시에 목도해야하는 인간의 먹먹한 마음은 울음을 삼킨 밤물결이 아니고 무엇이겠는가.

그절체 절명의 순간, 인간의 숨결을 받아 생명을 얻은 마두금의 소리('그낮고어두운 영혼의 소리')는 척박한 사막의 바람에 죽은 말의 혼을 불러오고, 꼬인 창자처럼 상처받은 마음의 어둠을 넉넉하게 위로받은 짐승은 마침내 눈물을 흘리며 곁을 내어주고 젖을 물리는 것이다.

이세상에 무슨 일이 일어나든, 그것을 나와 상관없는 일로 받아들이면 아무 것도 아니다. 모든 현상을 보고 그것에 어떤 심정적 반응을 보이는가에 따라 나의 존재와 그일은 하나의 의미를 지니게 된다. 따라서 이장엄한 우주의 시간, 인간과 자연, 인간과 동물이 교감하는 순간을 화자는 자신의 정서와 정확하게 일치시키고 그간의 일생을 파노라마처럼 펼치면서, 마침내 '젖가슴이 찌르르하'는 체험에 이르게 된 것이다.(릴케도 '시는 체험이다'라고 하지 않았는가.)

이를 통해 화자는 인간 중심의 세계관을 극복하고, 인간은 만물과 조화를 이루고 그것들을 사랑해야 하는 엄연한 존재로서 인정하는 물아 일체의 세계관을 보여주고있다. 이것은 그야말로 불교에서 말하는 연기론과 원융 무애의 경지에 도달하지않으면 이를 수 없는 그 어떤 지점이리라.

2.애도의 형식과 그리움

'회자 정리 거자 필반'이라. 만남이 있으면 헤어짐은 이미 예견된 수순이지만, 그럼에도 불구하고 한용운의 '님의 침묵'에서처럼, '이별은 뜻밖의 일이 되고 놀란 가슴은 새로운 슬픔에 터'지는 것이 우리네 인생이다. 더군다나 그것이 생사간의 일이라면 말해 무엇 하겠는가. 이번 시집에는 양친과 관련된 작품이 10여 편이나 실려 있다. 그것은 시인이 아직까지도 부모님을 그만큼 그리워하고 못잊어한다는 방증일 것이다. 프랑스의 구조 주의 철학자이며 비평가인 롤랑 바르트(*Roland Barthes*)는 어머니의 죽음을 애도하며 기록한 '애도 일기'에서 이렇게 말한다 ; '시간은 그저 슬픔을 받아들이는 예민함을 차츰 사라지게 할 뿐이며(…), 누구나 자기만이 알고있는 아픔의 리듬이 있다.'

어무이는 앉아서 재봉틀 돌리고

나는 아랫목에 엎드려 책을 읽는다
'니는 시집갈 때가 다 된기
바느질을 배워야제
맨날 배깔고누버서 책만 끼고사노'
(…중략…)
지난밤 꿈속에 어무이기 디너가셨나.

──시 '재봉틀에 관한 기억' 부분

자식 다섯 키우며
응어리도 몰래키운 엄니
뱃속이 뒤틀려도 약 한 봉지로 때워넘긴,

항암 치료할 때마다
(…중략…)
'이거 끓이묵으믄 암에 좋다카데'
'무신 이까진 발에 밟힌 풀떼기가
암을 낫게 하느냐'고 소리치며
질경이를 홱 뺏어 바닥에 팽개친다

──시 '질 경 이' 부분

창고 정리를 하다가

기저귀 한 뭉치를 발견했다
(…중략…)
날마다 가벼워지던

마침내 냄새를 버린 어머니,

하늘길을 하늘하늘 걷고있을까.

──시 '하늘길 안부' 부분

오래된 사진첩을 정리하다말고

잠시, 사찰 조계문앞에서 찍은
어릴 적 사진을 한참 들여다본다
불없는 연등이 나뭇가지에 매달려
그렁그렁하다 엷은 자장가같은
아버지의 목소리가 가까이서 들린다
절간 바닥돌을 하나둘 밟아가며
"길애야, '대웅전' 부처님께 절하러 가자."
나지막한 그목소리, 바람을 타고
천천히 떨어지면서 유년에 묻힌다
팔이 긴 아버지 어둠속으로 걸어나오신다.

——시 '흑백 사진 · 1' 전문

인용된 4편의 작품은, 유년의 시인을 다감하게 불러주던 아버지, 살아생전 재봉틀을 돌리던 어머니와 암투병 중인 어머니, 그리고 마침내 세상을 떠난 그들을 회상하는 장면으로 구성된 것이다. 그러나 화자가 부모님을 그리워하고 아파하는 그 어디에도 소위 시적으로 미화된 단어는 별로 보이지않고 누구나 쓰는 일상어로 되어있지만, 그 모든 말들의 맥락이 '절간 바닥돌'들처럼 각자 제자리를 찾아가면서 시적 힘을 효과적으로 발휘하고있다.

그이유는 무엇일까? 지금은 물리적으로 곁에 없는 어느 특정 대상을 끝없이 그리워하고 슬퍼하면서 때론 회한에 사무치는 것, 그것은 대상에 대한 사랑이 아직 살아있다는 것이다. 롤랑의 말처럼 그슬픔의 촉은 세월따라 조금씩 무디어지더라도 완전히 사라지지는 않는다. 다만 화자 자신만의 고유한 리듬에 따라 문득문득 더욱 깊어지는 사랑과 회한이 있으며, 그결과 화자의 과거는 현재로 이어지고 부모님과의 시간은 오늘도 그와 함께 미래로 살아숨쉬게 된 것이다.

즉, 과거와 현재, 미래의 시간이 얼크러지면서 동시에 존재하는 영원의 시간이 된 것이다. 시간을 모든 것을 파괴하고 삼켜버리는 '크로노스'로 여긴다면 자신과 자신을 둘러싼 역사는 무의미하게 흘러갈 뿐이지만, 화자는 그것을 '카이로스'의 시간으로 만들어 그순간 순간을 언어로 재구성함으로써 하나의 실재계를 구현해내고있다.

그리하여 파편화된 화자의 정서들이 이제는 하나의 정리된 모자이크 판이 되어, 어떤 화해의 감정과 함께 애도의 한 형식으로 화자 내면의 깊은 곳에 자리했을 것이다. 그러니까 이 작품들은 타인의 공감은 물론이고 화자의 기억을 되살리는 또 다른 '애도 일기'이다.

3.유년의 사치

먼지가 앞장서는 희뿌연 신작로
트럭 뒤칸 짐보퉁이에 섞여
야밤에 도착한 이름모를 산동네

밤을 울리는 부헝부헝 소리
호랑이인 줄
이불을 뒤집어썼네

전깃불도 연탄도 수도도 없는 마을
학교를 마치면 우물물을 길어 큰독에 붓고
올망졸망 5남매는
삭정이를 찾아 산등성이를 헤맸네

호얏불아래 모여
양념장도 없는 불은국수를 먹곤했는데

담배 피우는 아버지의
검고커다란 그림자
신문지로 바른 벽에서 일렁거리고

아랫목에 누운 엄마는
쌀외상을 얻어오라며

내 등을 떠밀곤 했네.

——시 '잠 방 골' 전문

화장기없는 삶의 민낯을 문자로 그려낸 한 장의 풍속화다. 오래 전 생활의 고단함을 은박지위에 뾰족한 못으로 그날의 山공기와 부엉이소리까지 고스란히 점묘해 놓은 것같아, 지금은 사용 빈도수가 현저히 떨어져나간 희미한 어휘들도 이제 막 살아난 '호얏불'처럼 일렁인다.

더불어 이미 지나간 시간도 화자에 의해 공간화된 무채색 이미지로 새롭게 재생되어 현재에도 그의미와 가치를 지니고 있는데, 여기에서 그려지는 시적 공간은 화자가 오래 전에 실재 호흡했던 그실체적 공간은 아닐 것이다. 그때의 물리적 시간과 공간은 이미 사라지고 없지만, 이시를 통해 화자에게는 지울 수 없는 신화의 시간과 판타지의 어떤 공간으로 재편된 것이다.

이작품을 보니, 새삼 백 석의 시가 그리워지기도 하고, 카뮈의 어느 산문 한 대목이 떠오르기도 한다. 프랑스 령 알제리에서 태어난 그는 '바다에서 자란 나는 가난이 호사스러웠는데, 바다를 잃고나자 모든 사치는 잿빛으로 변하고 가난은 견딜 수 없는 것이 되었다.'고 한다.

그렇다. 내 마음 깊은 곳에 작은 오아시스가 있다면, 때로는 가난도 호사가 되고, 저 찬란한 바다가 보내주는 바람 한 줄기, 켜켜이 얼어붙은 의식을 깨뜨리는 글귀 하나, 어느 으슥한 봄언덕의 꽃 한 송이만 있어도 은밀한 정서의 사치를 누릴 수 있는 것이다.

'카뮈'식으로 말하자면, 가난도 사치가 될 수 있고 이방인의 살해 동기도 강렬한 지중해 햇살 때문이다. 인간의 감정은 그만큼 오묘하며, 개인의 리듬에 따라 그날의 조건에 따라 특정 순간에 대응하는 방식은 천차 만별이다. 하지만 부정적인 상황을 긍정적으로 품어안을 수 있다면, 그것은 어쩌면 인간 조건에 대한 자긍심이 되리라. 그리고 견딜 수 없는 것을 견뎌야한다면, 그것은 또한 존재의 문제로 귀결될 것이다.

따라서 인용 시에 제시된 상황이 화자의 선택은 아니었지만, 견디고 버티어내기만 한다면 그것이 훗날 아련한 그리움으로 변할 줄 누가 알았겠는가. 운명처럼 자신에게 불어닥친 과거의 어떤 상처와 어려움을 결코 회피하거나 망각하지않고 정면으로 응시한 작가만이, 그러한 경험을 오히려 객관화해 독자의 공감을 이끌어내고 어떤 작품이라도 눈물 없이 쓸 수 있는 것이다. 시인은 그것을 이미 알고 있다. 그것이 삶의 비밀이고, 절망이 절망으로만 끝나지 않는 진짜 시나리오가 존재하는 참 인생이라는 것을.

4.긍정과 모성의 시학

향나무는 몰려오는 바람을 탓하지않는다
바람이 아니면
팔다리 길게 기지개 켤 수 있나
울음과 웃음소리 펑펑 내 볼 수 있나
층층 수없이 매단 초록이파리와
살뜰히 맺은 꽃과 열매에게
어깨춤추는 기쁨을 줄 수 있나
새들의 그네가 되어줄 수 있나
북녘바람이 괴팍한 짐승되어
천지 분간없이 덮쳐오는 날엔
3신 만신 창이가 되곤 하지만
남은것들 붙들고
남은 날 살아낼 수 있기를
남은 힘 뿌리속으로
속으로, 저장하면서
향나무는 몰려오는 북녘바람을 탓하지않는다.

———시 '기도하는 향나무' 전문

한 때 긍정 만능 주의가 유행이었다. 그것이 덕담 수준에 머물고 심리적 안정에도 도움이 된다면 문제없겠지만, 합당한 노력없이 단지 마음만으로 오늘의 엄혹한 현상이 쉽게 바뀌지는않을 것이다. 유사 긍정이 모든 것을 가능케 하는 마법의 주문은 더욱 아니라는 뜻이다. 오히려 여기에서 요구되는 것은,

인용 시에서처럼 힘든 상황을 적극적으로 수용하는 태도와 미래를 준비하는 구체적인 대비가 삶에 대한 진정한 긍정일 것이다.

나무는 '바람을 탓하지않'고 오히려 그틈을 빌어 '길게 기지개'를 켜는 것처럼. 작품속의 화자는 그야말로 긍정의 화신이다. 바람이 불어도 나쁜 것은 애써 감추고, 방향을 바꾸어 바람을 축제의 촉매로 여기니까 오히려 좋은 것 천지다. 그결과 '울음과 웃음소리', '어깨춤추는 기쁨'을 모두에게 제공하고 '새들의 그네'까지 되어주니, 이는 '바람 탓'이 아니라 '바람 덕분'이다. 화자는 이에 그치지않고, '남은것들 붙들고/남은 날 살아낼 수 있기를/남은 힘 뿌리속으로/속으로, 저장하면서' 밝은 내일을 준비한다.

화자의 이런 삶의 에너지는 어디에서 나오는 것일까. 그것은 어쩌면 천품일수도 있고, 정호승의 '산산조각'에서처럼 깨어지면 깨어진 파편(산산조각)을 얻고 그에 순응하면서 살아가는 지혜의 힘을 오래 전에 터득한 덕분이리라. 그런데 작품의 제목이 '기도하는 향나무'다. 이는 온갖 바람에 휘둘리는 주인공이 그냥 허허거리는 것이 아니라, 간절히 그렇게 되기를 두 손 모아 간구하는 것이다. 상황은 힘들고, 더구나 그상황을 바꿀 수 없을 때는, 자신이 방향을 틀어 힘껏 버티어보는 것이다. 화자는 '기도하는 향나무'를 통해, 웃음뒤에 울음을 감추고 자신의 슬하는 끝까지 껴안고보호하는 모성의 힘을 보여준다. 그것도 관념이 아닌 온몸으로 실천하고있으니, 이것이 곧 사랑의 역사가 아니고 무엇이겠는가.

5.세계 일화

스님도 대중들도 마스크 쓴 채
거리두기로 앉아
부처님 오신 소식을 듣는다네

世界一花!

　　　＜

세계는 한 송이 둥근 꽃이라시네
자연이 우리들의 스승이라시며
나와 남이 하나임을 알라 하시네.

──시 '世界─花' 부분

4월 초파일, 어느 사찰이 모습이다. 코로나 와중에도 모두들 마스크로 얼굴을 가린 채, '부처님 오신 소식'을 듣는다. '화엄경'에 나오는 '世界─花' 세계는 곧 한 송이 꽃이라니, 여기에 무슨 말을 덧붙이랴. 그러니까 세계 일화는 김길애 시인의 제3시집 '馬頭琴'을 관통하는 핵심 키워드 중 하나다.

시인은 너와 내가 다르지않고, 부모와 자식이 다르지않고, 지렁이와 내가 또한 다르지않다는, 분별없는 큰세상을 지향하고있다. 그결과 삼라 만상이 모여 한 송이 꽃을 피우는 것이다. 이런 세상은 측은지 심과 사랑없이는 불가능하다. 서로의 상처를 보듬어, 너도 꽃피우고 나도 꽃봉오리를 함께 올리면 萬花가 또 하나의 큰꽃이 될 것이다.

상처 입은 모과의 "'生'에서 향기가 솔솔" 나는 것도('향기가 난다는 것'), '몰려오는 바람을 탓하지않는' 것도('기도하는 향나무'), 굶주린 사람들을 위해 '수백 개의 페트 병 쌀'을 '북녘바다로' 띄우는 것도('페트 병 쌀'), '물은 시리아 인과/독일인, 난민을 구분하지않는' 것도('리우의 꽃'), '불이 타오르며 서로 합장하는 것'도('간장독'), 마두금 소리에 낙타가 눈물을 흘리고 그것을 마주하는 화자의 가슴이 떨리는 것도, 모두 분별없는 시인의 마음에서 비롯되는 것이다. 나의 고통이 있어야 남의 속으로 들어갈 수 있지 않겠는가.

화자의 이런 넓은 마음은 여기에서 미처 언급되지 못한 다른 시편에서도 쉽게 찾아볼 수 있으니, 결국 '나와 남이 하나임을 알라 하'는 가르침을 몸소 실행하고자하는 시인의 태도가 경이로울 뿐이다.

'오르페우스'는 산(生)자의 몸으로 저승땅을 밟은 그리스 신화속 인물이다. 망자가 되어버린 사랑하는 아내 '에우리디케'를 찾아 자신의 리라 연주로 지하세계의 신들을 눈물짓게 하고, 그녀를 만나는 데 성공한다.

이렇듯 산자가 금단의 땅인 죽은 자들의 세계로 들어갈 수 있는 원동력은, 상대를 안타까워하고 그리워하는 사랑의 힘이 절대적이다. 마두금의 소리도 그렇고, 시인의 작품속 여러 화자들의 생각과 행동도 그러하다. 결국, 실천적 사랑만이 끝내 우리들의 남루한 삶을 구원하고 빛나게 만들어줄 것이며, 그 여정에서 울리는 시인의 리라와 마두금 소리는 푸른바람을 타고 멀리 펴져나 갈 것이다.

끝으로 어느 스님의 의자가 생각나기도하는 다음 작품은 어떠신가!

내 늑골모퉁이엔
의자 하나 놓여져있지
뽀루지로 부풀어오른
마음 주저앉히거나,
실타래 머릿속
까치발하고 들여다 볼 때,
툭 튀어나온 못에 가끔
엉덩이를 찔리기도 하는,
옹이박힌 채 삐걱거리는
오래된 의자 하나 있지.

———시 '오래된 의자 하나' 전문

타인들이 쉽게 접근할 수 없는 깊은 산중같은 화자의 '늑골모퉁이엔' '오래 된 의자 하나 있'다. 그의자 혼자 비를 맞기도 하고, 때로는 상수리열매 떨어 지는 소리도 홀로 듣겠지. 그러다 가끔 흐리거나 날 좋은 날, 주인이 찾아오 면 함께 옛얘기도 나누겠지. 그런 '퀘렌시아'를 찾아 삶의 원기를 회복하고 본 래 면목으로 돌아가는 시인은 행복하다. 아무도 몰래 혼자만의 공간에 앉아 자신의 빛을 찾아가기도 하고, 여전히 '툭 튀어나온 못에 가끔/엉덩이를 찔리 기도 하는' 그런 아릿한 아픔을 맛보기도 하는 인생이 더욱 아름답다.

시집 곳곳에 숨어있는 보편성과 고유성을 함께 지닌 좋은 시는 짙은 여운 을 남기고, 그런 시를 감상하는 독자들은 시밖에서 자기만의 이야기를 풀어

또 한 편의 시를 만들어간다. 그러기에 '달빛이 거실 커튼을 뒤적거리는 밤'('뒤적거리다·2')에 시인은 삶과 사랑을 뒤적거리고, 그런 시인의 시편을 따라 우리들은 또 각자의 시간과 공간을 은밀히 뒤적거리면서 자신의 인생을 탐구할 것이다.

〈끝〉

김길애 - 약력

· 1955. 부산 출생
· 2001. 제41회 '自由文學' 신인상 시부 당선.
· 2009. 제9회 '自由文學賞' 수상.
· 2015. 제7회 '노원 문학상' 수상.
· 2015.~현재. 한국 문인 협회 저작권 옹호 위원.
· 노원 문인 협회 회장 역임 · 현재 명예 회장.
· 한국 현대 시인 협회 이사 · 한국 自由文人協會 이사 · 미당 시맥회 회원.

· 첫시집 '바지락이 해를 물고 있다'(2009. 도서 출판 天山).
· 2시집 '바람도 목탁을 친다'(2015. 도서 출판 天山).
· 3시집 '馬 頭 琴'(2023. 도서 출판 天山).

· 주소 · 01761.서울시 노원구 동일로 215길 48. (상계 주공@). 324동 503호
　　　（02-930-3428. 010-8367-5349）
　　　· carey503@hanmail.net

天山 詩選 139

4356('23). 04. 10. 박음
4356('23). 04. 15 펴냄

김 길 애 제3시집

馬 頭 琴

지은이	김	길	애
펴낸이	申	世	薰
잡은이	신	새	별
판본이	신	주	원
판든이	신	새	해
판든이	金	勝	赫

펴낸곳   도서 출판 天 山

04623.서울시 중구 서애로 27(필동 3가). 서울 캐피털빌딩 302호 '自由文學' 출판부.

등록 1991.10.31. 제1-1269호

전자 우편 · freelit@hanmail.net

ISBN 979 - 11 - 92198 - 10 - 1   03810

☎02-745-0405 Ⓕ02-764-8905

*잘못된 책은 바꿔드립니다.

값 13,000원